AF542570

LA DIVINE RAILLERIE DE PARINI

Traduite du texte italien en vers français

SUIVIE DU

SECRET DE LA PAIX UNIVERSELLE

PAR

L^x. ALFRED DE RUFFI DE ROUX

FÉLIBRE, MEMBRE DE LA SOCIÉTÉ DES LANGUES ROMANES ET DE PLUSIEURS AUTRES ASSOCIATIONS SCIENTIFIQUES

AGEN

IMPRIMERIE V. LENTHÉRIC, RUE DE CESSAC.

—

1880

NOTICE

SUR J. PARINI

Joseph Parini, poète italien, naquit à Bosigio, dans le Milanais, en 1729; il fut d'abord copiste chez un Procureur, puis il entra au grand séminaire. Il fut aussi bon théologien qu'excellent poète et eut la science et les vertus de son état.

Fixé à Milan, il se fit connaître comme critique, en même temps que poète par la publication du MATIN, *en 1763, que suivirent le* MIDI, *le* SOIR *et la* NUIT. *Il mourut en 1799, laissant une réputation d'un esprit sérieux, d'une imagination agréable, d'une élocution légère et facile égayée de mille images. Il fut enfin d'un esprit juste, fin et élevé.*

Le comte Firmian, gouverneur du pays, après l'avoir mis à la tête d'une feuille périodique, lui fit occuper, en outre, une chaire de belles-lettres. Ses œuvres complètes ont été imprimées à Milan, en six volumes, in-8°, de 1801 à 1804. La poésie la plus élevée s'y trouve associée avec la philosophie la plus sévère. Ses poèmes sont écrits d'une manière supérieure, en vers libres, les plus difficiles dans la poésie italienne. Ses railleries sont excessivement ingénieuses et d'un philosophe spirituel et gai. Il distrait en flagellant les mœurs et les ridi-

cules, en décrivant avec une ironie fine et délicate la vie des jeunes seigneurs italiens. Il a bien rempli l'adage: instruire en amusant. Une chose qui frappe encore, est son grand amour pour la France, et son immense admiration pour toutes ses productions littéraires et artistiques.

La partie des œuvres de cet auteur qui est ici traduite est intitulée : LES QUATRE PARTIES DU JOUR A LA VILLE.

LES

QUATRE PARTIES DU JOUR

A LA VILLE

PREMIÈRE PARTIE

LA NUIT ET LE MATIN

Riche et puissant seigneur d'origine céleste,
Ecoute des conseils ravissants pour ton cœur;
Par eux tu braveras le temps, l'ennui funeste
Qui dévore les jours si chers de ta grandeur!...

Le Matin, *le Midi*, *le Soir*, *la Nuit* changeante
Suivent si lentement le chemin de Tellus
Qu'ils sont de vrais tourments dans ta vie opulente,
Où tu n'as qu'à jouir des présents de Plutus.
Entends donc mes avis, et des fleurs satinées
Emailleront bientôt les sentiers du Plaisir.
Déjà tu ne sais plus quelles sont tes années
Et quel bonheur tu perds!... A quoi sert de courir
Après les grands exploits, l'inconstante victoire,
En exposant sa vie au milieu des combats?
Laisse aux enfants de Mars cette imposante gloire,
Mais recherche pour toi les œuvres sans éclat.
Qu'irais-tu t'occuper des travaux de Minerve,
Des discours de pédans ou de leurs vils propos,
De l'art de buriner, de cultiver la terre?
Ton savoir te suffit, garde un noble repos.

Déjà vers l'Orient, les portes de l'aurore,

En s'ouvrant ont promis le retour du soleil.
Déjà le laboureur, tout vacillant encore,
A regret a quitté le lit et son sommeil.
Abandonnant son toit, ses enfants, son épouse,
Qui sont de ce grand cœur la joie et le soutien,
Il traverse à pas lents la riante pelouse,
Pour diriger ses bœufs, le plus cher de son bien.
En un sentier étroit conduisant sa charrue,
Il déchire la terre en implorant Cérès;
Ailleurs, le forgeron de sa lourde massue
Fait frissonner l'airain qu'il soumet au progrès,
Et d'un autre côté de l'argent du Potose,
Du beau corail des mers et de l'or du Pérou
Un Itonus fameux de l'art dont il dispose,
Pour Phriné va fourbir un merveilleux bijou!...
Mais tu frémis, je crois? Ah! c'est qu'il est terrible
Ce seul mot de travail; mais calme tes frayeurs,
Que les autres mortels aient un destin pénible,

Qu'ils souffrent sous le faix et pressent leurs labeurs,
C'est le peuple, il peut bien vivre et mourir sans joie,
Car c'est assez vraiment qu'on le supporte encor,
Mais descendant d'un prince ou des héros de Troie,
Méprise-les, sois fier, prends un plus noble essor!...

LE BAL

Hier soir je t'admirais, quand dans le bal d'Armide
D'Hermione à Chéra tu portais tes soupirs;
Quand tu tourbillonnais dans la valse rapide,
En glanant des regards qui doublaient tes désirs;

Quand encor affrontant les jeux de Palamède
Tu bravais le destin et trépignais d'émoi;
Lorsqu'enfin satisfait en vaillant Diomède,
Lassé mais triomphant, entouré comme un roi,
Tu t'arrachas des bras des nymphes éperdues,
Pour gagner les coussins de ton char merveilleux
Qui bientôt va roulant sur les pavés des rues,
Ce corps si délicat qu'ont engendré les Dieux.
L'air de la nuit vibrait sous sa bruyante marche,
Il lançait des éclats; tel le sombre Achéron,
Dans son épais brouillard laisse entrevoir la Tharse,
Dont la côte gémit sous le char de Pluton;
De ses coursiers fringants sous lesquels bondit l'onde,
Il vient importuner Echo qui dort au ciel;
Tout par lui retentit et l'océan qui gronde
Mugit en acclamant son dompteur immortel.

Puis je te vis encor dans le palais de Phane

T'asseyant à la table où coulèrent vermeils
Avec le Malaga, le Moët en tisane,
Le crû de Frontignan, tous ces vins non pareils...
Enfin Bacchus te lasse, il te cède à Morphée;
C'est lui que j'aperçois préparant de sa main
La couche sur laquelle un vigilant Argée
Va tirer les rideaux pour lors jusqu'au matin.
Je vais attendre aussi ton réveil, mon Emile,
Jusqu'à ce qu'indigné le soleil dans les cieux
Parvienne à traverser le seuil de ton asile,
Et forcer ta grandeur à rouvrir ses beaux yeux.
Lors semblable à Mentor inspiré par Minerve
J'accourai t'enseigner à remplir ton matin;
Il te faut tant de soins! L'heure a fui sans réserve,
Mais le temps pour toi seul reprendra son chemin!
Pavots, la nuit est longue, épandez votre sève,
Et pour le fils des Dieux, créez le plus doux rêve!...

****

LE RÉVEIL

Mais la cloche argentine a marqué ton réveil,
M'apprenant qu'à la fin tu languis du soleil.
A ce bruit bien connu qu'une foule d'esclaves,
Aux rayons de Phœbus n'opposent plus d'entraves,

Ou plutôt, pleins d'égards qu'ils cèdent lentement
Sous cette pression des flots de l'Orient ;
Sans quoi, tel qu'un zéphir fuyant l'antre d'Eole
Qui court en s'animant dans une course folle,
Ainsi le jour fondrait dans ton appartement
Pour fatiguer tes yeux, t'inonder à torrents !
Encore un peu d'efforts, radoucis ton visage,
Fais gémir l'édredon, soulève-toi, courage.
Oh ! si dans ce moment entrait un ancien preux,
Un Tancrède, un Renaud, un Bayard valeureux,
Qui vint pour exciter des guerriers la vaillance,
Avec son casque en tête et dans sa main la lance;
De honte il frémirait dans sa noble valeur,
Et rougirait plus fort que Minerve en fureur,
Lorsqu'en jouant sa flûte, elle aperçut dans l'onde
Les plis qui se jouaient sur sa figure ronde !...

Mais voyons arriver ce légat de Comus

Qui vient briser enfin le masque de Momus.
Il sème les parfums de liqueurs différentes
Pour châtouiller tes sens de vapeurs enivrantes.
Sur les coupes qu'il t'offre, il te donne le choix ;
Mais entends la raison qui parle par ma voix :
Si ton estomac pèse et se plaint de broutilles,
Demande les vertus du doux fruit des Antilles,
Mais si ta tête souffre et se trouble en vapeurs,
Que ce soit le Moka qui donne ses faveurs ;
Ce précieux nectar secouant la paresse
T'offrira la gaîté, te rendra la jeunesse ;
Mais ton choix s'est porté sur la grasse boisson
Qui vient de mitonner d'une lente cuisson.
Qu'il fallut de tourments aux Cortez, à Pizarre
Pour vaincre les Incas, saisir leur roi barbare,
Trouver l'arbre divin, ramasser le trésor,
L'enlever à l'instar d'une autre toison d'or !
Juge par ce tracas, des guerres qu'elle excite

Puisque ce fut pour toi, s'il est grand ton mérite ?...
Mais qu'importe la guerre et le sang répandu
S'ils t'ont pu procurer un déjeuner cossu ?
Ah ! te garde le ciel qu'en ce moment arrive
Cet importun marchand à la mine craintive,
Qui, demandant son bien, d'un aspect glacial,
Troublerait l'action de ce mets pectoral.
Ah ! que Baptes plutôt, habile dans la danse,
Vienne former tes pas, les mener en cadence,
Ou qu'un nouveau Linus fasse plier ta voix,
Sous le mode exigeant d'un luth ou d'un hautbois.
Qu'à son tour un savant venant du grand royaume,
En magister français t'en dise l'idiome ;
Qu'il force ta mémoire attentive après lui,
Car qui doit ignorer la langue d'aujourd'hui ?
Oui, ces maîtres, prend les, en eux est la sagesse ;
Préfère-les à ceux de Rome et de la Grèce.
Mais avant la leçon que chacun sans détour,

Se plaise à te conter les nouvelles du jour :
Sais-tu quel fut l'acteur, qui du peuple folâtre
Obtint hier la palme au premier grand théâtre?
Que dit-on de Laïs, dont les exploits fameux
Rendent tant de mylords à leurs climats brumeux,
Où détachés du monde et de tout ce qui pèse
Ils peuvent sur l'amour philosopher à l'aise?
Le danseur don Juan serait-il de retour,
Lui qui montre aux époux la lumière en plein jour!
Voilà les racontars que donne la chronique,
Par eux seuls brillera ta haute politique.

LE LEVER

Mais que vois-je? Pareil au fils d'Olympias
Qui s'enflamme au récit des exploits de Pallas,
Désireux de montrer ton immense prouesse,
Tu t'arraches déjà des bras de la molesse!

Volez autour de lui, ministres importants,
Vous tous les serviteurs de ses desseins brillants ;
Que l'un vienne apporter la robe asiatique
Dont la mode pour lui passa l'Adriatique;
Qu'un autre vienne offrir les deux mules d'azur,
Ou ce riche mouchoir fin tissu de Namur;
Qu'un autre présentant pour ses dents une éponge
Lui donne pour son teint cette couleur d'oronge
Qui doit anéantir les traces du sommeil;
Mais qu'enfin le dernier porte un bassin vermeil
Où l'on aura réduit en pommade odorante
La pâte du Phillis à saveur enivrante.
O mon jeune seigneur, tant d'objets différents
Seraient-ils néanmoins à ce point importants?
Non, tu dois tes regards à cet objet d'élite
Dont les soins prévenants admirent ton mérite :
Tu l'as nommé déjà : Je veux te désigner
Celle qu'un ciel d'azur promet de te donner

Pour t'aider dans la vie à supporter ta tâche!...
Tu pâlis!... As-tu cru qu'une fâcheuse attache,
Un hymen sérieux fût né dans mon cerveau?
Ah! te garde le Ciel d'allumer ce flambeau!
Ce mot est condamné; puisse le ridicule
Noyer avec Hymen les maux qu'il accumule!
Les Dieux qui t'ont paré de grâces, de faveurs,
Me pardonneraient-ils d'arrêter tes ardeurs?
D'un si noble jeune homme entraver la carrière,
Sottise irréparable! Oh! perte meurtrière!
Quoi! déserter le monde, oublier les plaisirs,
Si jeune, aux passions laisser tant de loisirs!
Se mêler à ces gens bougonneurs et sévères,
Qui veulent sans rougir se dire de bons pères.
Ah! plutôt moque-toi de nos béats aïeux
Qui, du seul nom d'époux se trouvaient glorieux.
Dans ce temps de l'hymen, les cœurs suivaient l'exemple
Et l'hymen et l'amour n'avaient qu'un même temple.

HYMEN & AMOUR

Mais le siècle a changé, tout change heureusement.
Oh muse ! Dis-nous donc par quel revirement
L'on vit alors l'Hymen et l'Amour en délire
Diviser entre eux deux leur important empire ?

Amour, frère d'Hymen, fut par Vénus donné
En garde à celui-ci qui fut son premier-né.
Leur mère le voyant privé de la lumière,
Avait craint qu'il fût choir en quelque fondrière
Et tandis qu'il lançait tous ses traits au hasard
Qu'il n'eût bientôt occis les hommes par milliard.
Aussi partout Hymen, nouvelle Providence,
Conduit le jeune amour de sa sage prudence...
Mais les voici tous deux, et leur mère leur dit:
Mes enfants, écoutez pour en faire profit;
Ne vous quittez jamais, soyez unis sans cesse;
Car de votre union naîtra force et sagesse!...
Amour bien faible encor se soumet aisément,
Mais il se fit un jour qu'en son esprit bouillant,
Surgit cette pensée, action bien mauvaise,
De vouloir par lui seul vivre et régner à l'aise.
Ses ailes ont repris leur force et leurs accords,
Et bientôt dans les airs il fuit avec efforts;

Puis il plane aussitôt tout au-dessus des aigles'
Et riant de l'hymen se moque de ses règles!
Attends, dit-il, à moi la vie et le plaisir;
Je veux la liberté, que me sert d'obéir?
Là-dessus orgueilleux, d'un vol fier et rapide,
Il retourne à sa mère et d'un air intrépide :
Quoi, dit-il, moi l'amour, le plus puissant des Dieux,
Serai-je donc toujours sous des liens honteux?
Faut-il que d'un tyran la volonté me tienne,
Que sous sa main de fer sans cesse il me maintienne?
Qu'ai-je à faire d'un arc puisqu'il m'est interdit,
Et de ces flèches donc, en ai-je du profit?
Alors qu'il règne seul puisqu'il veut être maître,
Ce frère ambitieux que j'appris à connaître!...
Mais non, car j'ai pitié du mortel suborneur,
Qui dans ses rêts, captif, périrait de langueur...
Ma mère, veuillez donc partager notre empire,
Car vivre auprès de lui je ne vois rien de pire!... »

Il dit, et d'un maintien fier comme l'air de Mars
Il attend la réponse à ses bouillants écarts.
Vénus est attendrie et lui fait des promesses,
Le presse sur son cœur, le comble de caresses;
Mais Amour excité résiste à ses efforts,
Et sa mère en courroux fait ces nouveaux accords;
« Qu'entre vous à l'instant soit partagé l'empire;
Mais pour toi, plus fougueux et n'aimant que le rire,
Tu pourras gouverner les cœurs pendant le jour;
Quant à l'Hymen paisible et qui va sans détour,
Qu'il ait l'autorité durant la nuit discrète. »
Elle dit! puis à fuir chacun des deux s'apprête.

LA PREMIÈRE PENSÉE

Il te faut profiter d'un divorce pareil,
Mon seigneur, et chasser ce scrupuleux conseil
Qui pourrait te faiblir durant tes entreprises ;
Hymen se réjouit des sourdes convoitises.

Tu lui fais bien d'honneur ; n'est-ce donc pas à toi
Que sont dus les baisers que cet époux reçoit ?
Vois-le jouir en paix auprès de son épouse
Qui s'éveille en songeant à ton humeur jalouse,
Et ne voyant que toi, craint l'époux clairvoyant,
Qui peut de ses projets rompre l'arrangement.
Epoux, réjouis-toi de cette vive flamme ;
Pourrais-tu tout surpris lui supposer du blâme ?
Mais Emile pour toi, que serais-tu jaloux,
Les baisers de l'amour ont un miel bien plus doux ?

Le temps presse, à ta voix qu'un *angelus* fidèle
Volant auprès d'Iris, sache de cette belle
Si sa bonne santé se conserve toujours.
Quelques heures à peine ont parcouru leur cours,
Depuis qu'en son palais tu la laissas si fraîche ;
Pourrais-tu l'oublier, descendant de calèche,
Et refusant d'un œil où brillait le plaisir

Cette main que déjà tu voulais tant offrir ;
Malgré sa sûreté, malgré sa quiétude,
A l'amour sied encor un peu d'inquiétude.
Peut-être d'un aboi le petit chien barbet
D'un songe ravissant dont tu faisais l'objet
A privé tout d'un coup sa sensible maîtresse ?
Ce songe plein d'amour lui disait ta tendresse ;
Et voilà que peut-être aussitôt à son tour,
Un odieux mari ne songeant plus au jour,
Croit pouvoir par Hymen régner dans son empire,
Et cherche à ramasser quelques fleurs qu'il désire....
Sur l'heure tu sauras ces faits intéressants,
Car Iris va répondre à tes soins prévoyants ;
Ton Mercure empressé t'en donnera l'annonce ;
Mais profite le temps attendant sa réponse ;

LA PREMIÈRE HEURE

Sur l'univers déjà règnent en ce moment
Le travail, le soleil qui monte incessamment.
Le laboureur actif sème son grain et sue
En déchirant le sol du soc de sa charrue;

Heureux, trop fortuné si ses puissants travaux
Peuvent te procurer un char et des chevaux.
Tout en effet pour toi, tout travaille en ce monde,
Car il faut que le luxe au caprice réponde.
Oui, tu peux t'apprêter, la toilette t'attend.
Allons, un peu d'efforts et bientôt tout brillant,
Ton seul et noble aspect commuera le dommage
Des travaux qui du peuple ont été l'apanage ?
Mais revêtu déjà d'une robe de lin
Je te vois parcourir un temple sibyllin ;
Tu voudrais bien sonder cet orgueilleux mystère
Qui des secrets du goût est le dépositaire ;
Telle fut Cumæa, les cheveux hérissés,
Quand elle allait auprès de ses divinités.
Le moment est venu, le Dieu va te répondre,
Et le miroir donner de tes attraits une ombre.
De l'inspiration, profite pour guider
Ces délicates mains qui doivent élever

L'édifice élégant qui sera ta coiffure,
En faisant ressortir ta belle chevelure.
Les zéphirs attirés par de douces odeurs,
Pareils aux papillons aux goûts dévastateurs
S'agitent en volant tout autour de cent vases
Tout remplis de parfums, de roses, de topazes.
O toi Comus parfait, c'est ici qu'il te faut
Tous les talents sacrés d'un homme sans défaut ;
Tenir entre ses mains cette tête charmante,
Tant de gloire à la fois. Destinée imposante...

LA COIFFURE

Eh, tandis que je parle, un chef-d'œuvre savant
Quoiqu'en hâte créé, s'avance lentement.
Je t'admire, ouvrier.. Mais vois donc cette glace?
Quel bouleversement s'y fait à la surface ?

Ah ! j'y vois mon Emile, impatient, qui mord
Sur ses lèvres ponceaux qu'il pâlit bien à tort.
Il tracasse ses traits et rougit de colère
Pour peu qu'en ton travail ta main vague ou diffère.
Malheureux! ses deux pieds d'un effort violent
Ont frappé le parquet qui résonne en tremblant.
Qu'est-ce donc?.. Car sa voix retentit menaçante
Et ses mains en fureur dans une même entente,
Ont brouillé ces cheveux que ton art a rangés.
Qu'ont produit tant de soins? tes talents ouvragés?
Souffre patiemment cet immense désastre,
Et ne commence plus cette œuvre qu'il dévaste.
Ignores-tu la mode, ou sans réflexion
T'es-tu laissé couler par la distraction?
Cette mode venue hier du grand Royaume.
Quoi, la mode de France? Eh! c'est un crime en somme
Et je comprends Emile, en son noble courroux...
C'en est fait, il se lève et sens dessus dessous

Je vois mettre à l'instant meubles et porcelaines ;
Les glaces, les cristaux, tout vole par douzaines :
Tel à Delphes on vit un taureau furieux
Fuyant le sacrifice et le temple des Dieux,
Dans ses bonds renverser et l'autel et les tables,
Gronder en mugissant par des cris lamentables,
Il met l'effroi partout et tout reste surpris
D'une telle fureur et de tant de débris.
Mais Comus ne craint point la fureur de ton maître,
Car tu verras bientôt son humeur disparaître ;
La colère en un cœur noble, grand, généreux,
N'est qu'un éclair ridant un nuage orageux.
Ce bon maître emporté va te demander grâce
Te redonner ton rang avec sa bonne grâce.
Mais je reviens à toi, mon Emile, pardon
Si devant ta grandeur j'ai pris cet abandon
D'adresser quelques mots à ce mortel vulgaire ;
Un artiste aussi grand sort bien de l'ordinaire !

A lui sont confiés des secrets importants,
Des affaires d'Etat et des récits charmants,
A lui de gouverner mille têtes augustes,
De juger des bienfaits, des actions injustes.
Tant de Dames de Rome au regard dédaigneux,
Qui toisent de leurs chars le peuple malheureux,
Ne laissent point pourtant de paraître très-libres,
Lorsque Comus auprès de tissus invisibles
Ornemente ces fils argentés et soyeux,
En tressant à son gré des tours capricieux !...
Tandis que le talent de Comus étincelle,
Qu'il donne à tes cheveux une forme nouvelle,
Apprends à retirer du temps si précieux
Des heures de profit et des heures de jeux.
Un livre bien charmant se voit sur ta toilette,
Peut-être contient-il quelque tendre amourette ?
Qu'il est beau pour se rendre agréable à tes yeux ;
Avec tous les bijoux il dispute envieux,

Couvert de maroquin, d'une riche dorure,
Il imite la moire et la belle parure
Qui flottte et scintille en des flots ondoyants
Sur le cou des pigeons ou des lézards changeants ;
D'un ouvrier Français c'est là le pur ouvrage.
D'un seul de tes regards il souhaite l'hommage.
Allons ! en philosophe au cœur fier, dédaigneux,
Laisse-toi donc faiblir d'un effort valeureux,
Guidé par le hasard ou par le ruban rose,
Lis aux premiers feuillets, que ce soit vers ou prose.

L'ÉTUDE

Ô Protée étonnant, ô profond écrivain,
Français, qui sais si bien, malgré ton grand dédain,
Faire amuser le peuple, instruire tous les âges,
Ah! daigne nous parler, retracer les images

De ces héros anciens, surtout de Jeanne d'Arc,
Terrifiant l'Anglais de son simple regard.
Viens aussi, toi qui sais donner un nouveau charme
Aux ouvrages chéris, nés de Rome ou de Parme;
L'Arioste divin, le Boccace savant
Que tu fis tous les deux jaloux de ton talent.
Apprends, ô mon Emile, apprends de ces ouvrages
Les grâces, les beautés et les leçons si sages.
Les œuvres de la France ont toutes les faveurs,
Là s'apprennent les arts, se font les orateurs!
Là les vertus, le bien trouvent leur récompense!
L'amour trahi, le mal, souffrent leur pénitence!
La France est libérale, et sa fécondité
Nous fait rougir parfois de notre aridité.
Admire ses romans, sa morale et l'histoire:
Tout en elle est grandeur, amour, science et gloire.
O philosophe Emile, âme de mon héros,
Que de trésors déjà tu puisas à propos

Dans ces mines qui sont et riches et profondes.
Nous voyons Rome aussi, dans tes leçons fécondes,
Pour sortir par ta voix de son circuit obscur
Te regarder déjà comme un oracle sûr.
En effet, l'ignorance engourdit ta patrie ;
Il faut pour l'échauffer tout le feu d'un génie !
C'est à toi d'éclaircir ces flots si ténébreux
Que les Goths ignorants laissèrent après eux.
Auparavant les arts triomphaient chez nos pères,
Comme restaurateur, viens finir nos misères :
Oui, ce jour n'est pas loin où tout refleurira,
Car sous le sceptre d'or du nouveau Tutela,
Nous allons voir bientôt la Rome ancienne et grande
Reprendre enfin le rang de celle qui commande.

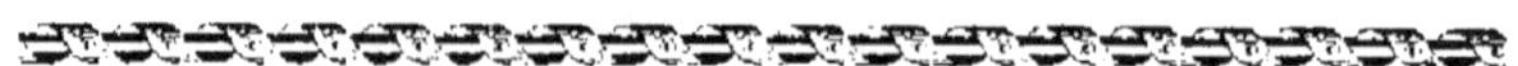

LA MODE

Mais ne va point pourtant, Emile, t'oublier,
A ce flatteux espoir, tout te sacrifier !
Non, quelquefois il faut laisser ce soin pénible,
Et d'un plaisir nouveau rechercher le loisible.

Reçois donc cet artiste, élégant Argivis,
Qui revient tout chargé des modes de Paris.
Sur sa rive enchantée où se cachent les Grâces,
La Seine en ses contours, sur ses mouvantes glaces,
Traîne ce char du Goût, où se voient à la fois
Les reines des salons, les freluquets courtois.
Là l'univers entier rayonne en flattant l'art
Qui reluit au palais et brille au boulevart.
Mais voici cet Euxis que disputent les belles,
Qui d'un pinceau divin fait rajeunir les vieilles ;
Avec lui, les climats, malgré leurs changements,
Restent dans sa peinture aussi beaux en tout temps.
C'est lui qui de Paphos nous peignit les mystères,
Nous rafraîchit si bien les portraits de nos pères.
Tu sembles t'irriter ?... mais oui, c'est la raison ;
De reproches amers tu peux lui faire don.
L'insolent, n'avoir pas terminé cet ouvrage
Où règne la beauté, la grâce du visage,

A ce point positif que ce tableau parfait
Ne peut représenter que ton propre portrait.
L'épouse d'Amyntor va sécher bien des larmes
En contemplant bientôt en secret tous tes charmes ;
Elle languit déjà de posséder l'objet !...
Mais je crois voir qu'Euxis t'offre un nouveau sujet !
Par tes regards perçants dans cette miniature
Tu vas comme trouver vivante la nature.
En effet, c'est Cora, l'actrice de talent
Que le peintre put voir dans ton appartement ;
Caché comme il l'était, en Léda voluptueuse,
Il parvint à la peindre en une pose heureuse.

Mais voici que Comus, en son talent divin,
A déjà terminé de son adroite main
Ce chef-d'œuvre de l'art, qu'il a fait pour ta gloire ;
Il s'admire lui-même, et devant sa victoire

Cherche s'il n'a plus rien pour l'embellir encor.
Mais déjà ton prudent serviteur Almanzor
De sa prodigue main, tout autour de ta chambre,
A répandu des flots d'une poussière d'ambre
Qui, de son doux parfum, arômatisant l'air,
Rendra souple ton corps et plus ferme ta chair.
Affronte, ô mon héros, ce tourbillon paisible
Qui doit te procurer un bien-être indicible.

Tel, à travers les feux et les foudres de Mars,
Tes valeureux aïeux défendaient leurs remparts.
Tandis qu'ils avaient mis les vaincus en fuite,
Qu'ils revenaient vainqueurs de cette poursuite,
Le visage souillé de sang et de sueur,
Aux siens même leur vue inspirait la terreur.
Ils furent un honneur pour la chevalerie
Et de vrais boucliers pour leur noble patrie.

Pour toi , plus agréable et plus charmant vainqueur,
Tu devras t'en montrer l'ornement et la fleur!...
Mais des tiens l'on entend les voix impatientes
Qui veulent commencer leurs fêtes opulentes.

LA TOILETTE

Déjà le globe d'or du divin Apollon,
Précipitant son cours va quitter l'horizon,
Semant de sa lueur les dernières épaves.
Il en est temps enfin ; qu'une troupe d'esclaves

Accoure te vêtir de ces brillants habits
Que ton propre intendant fut quérir à Paris.
Génius protecteur, tutélaire génie !
Toi le gardien sacré de la noble Italie !
Toi qui dois conserver la race des héros,
Arrive auprès de lui, viens, descends de l'Athos,
Et tu ceindras toi-même, à celui que je chante,
Cette terrible épée à sa main si pesante.
Serre son baudrier, afin qu'en un moment
Sa valeur au besoin la retrouve aisément.
Comme la garde en est richement travaillée !...
Rajuste donc ce nœud, cette ganse étoilée !
Que de brillants, que d'or de toutes les couleurs.
C'est Iris elle-même, en ses goûts inventeurs,
Qui nuança ces bords, ces dessins, ces guirlandes ;
Son bonheur s'acquitta par ces riches offrandes.
C'est ainsi que l'on vit, en nouvelles Vénus,
Les princesses de cour du roi breton Artus,

De panaches orner les guerriers redoutables,
Qui partaient défier des géants effroyables.

Je vous invoque, ô vous, muses, illustres sœurs,
Qui comptâtes jadis ces troupes de vainqueurs,
Ces superbes héros aux devises pieuses,
Ces soldats tout remplis d'ardeurs prodigieuses,
Qui pas à pas suivant Enée, Agésilas,
Restaient victorieux dans leurs mille combats !...
Si vous ne m'aidez point, de tant d'armes diverses
Dont mon héros se charge, à la mode des Perses,
Comment retracerai-je ici leurs noms nombreux ?
Par elle vont briller ses exploits valeureux.
D'abord j'ai vu déjà sa main si belliqueuse
Saisir un étui d'or, à forme merveilleuse,
Qui renferme, à l'instar des arsenaux garnis,
Tous les secrets de l'art pour ses ongles polis.

On y voit mille objets sous des formes diverses,
Tels que brosses à dents, pour les cheveux des herses...
Parmi divers flacons, pourtant il a fait choix
D'un pur cristal taillé qui renferme à la fois
Les esprits volatils, à l'odeur doucereuse,
De la rose pourprée et de la tubéreuse.
Mon Emile a raison ; ces odorants parfums
Chasseront les odeurs que cent mille importuns
Répandent après eux dans toute l'atmosphère,
Où le peuple grossier se meut en sa misère.
Mais je le vois encor prenant dans un coffret
De petits grains divers qu'il avale à souhait.
L'on y voit avec l'ambre et le cachou de l'Inde,
Mille autres doux bonbons de Candie et du Pinde,
Qui tous ont la vertu, par leurs dons précieux,
De rafraîchir l'haleine et le palais des dieux.
Maintenant, il a pris une petite boîte
Où l'on voit près de l'or l'ivoire qui miroite ;

Le dessus est orné d'un jaspe étincelant,
Entouré de rubis, de perles d'Orient.
Là se conserve en grains ce suc blanc, que Morphée
Extrait des doux parfums de Chine et de Nymphée.
Amour, blâme pour lui cette précaution !
Mais si de ton caprice une punition
Tombait, ô beau vainqueur, sur un de tes intimes,
A celui-là permets qu'aux vertus si sublimes
De ces pavots divins il demande secours,
Afin qu'un doux sommeil, lui servant de recours,
Il y trouve en un songe un espoir qu'il désire :
Celui de regagner ton cœur et ton sourire !...

Après tous ces objets que va-t-il prendre encor,
Une lorgnette et puis un brillant anneau d'or.
La première, ce soir, déploiera son prestige,
Pour rapprocher des yeux de mon jeune prodige,

Le théâtre enchanteur où se voit palpitant
Le sein de la beauté, puis le torse ondulant.
Il y verra les pieds légers d'une danseuse,
Un œil rempli d'éclat, une bouche rieuse;
Il pourra percevoir ce qui sera caché,
Jugera Cupidon et la blonde Psyché;
Devinera l'époux, l'amante qui s'attriste,
Connaîtra la grisette ou bien la caméristе.
Quant à l'anneau brillant sur lequel un pivot
Fait hausser ou baisser un cristal à propos :
Par lui se fait le jour au milieu des ténèbres.
Emile, d'un coup d'œil, peut des maîtres célèbres
Juger les beaux travaux dont l'art mystérieux
Orna ces grands plafonds qui brillent à nos yeux.
Il peut, tournant les yeux en matière d'excuse,
Se distraire caché des gens dont il s'amuse;
Il peut cligner de l'œil et puis de son crayon
Tracer sur un carnet sa douce impression.

Mais pourtant je craindrais que mon savant Emile
Ne vînt à s'oublier dans de grands frais de style,
Et ne laisse à l'écart ce couteau merveilleux
Sur le manche duquel étincelle à nos yeux,
Avec les feux d'Iris, la nacre du Cocyte,
Dont jadis l'ont orné les nymphes d'Amphitrite.
C'est avec ce couteau si souvent protecteur,
Emile, qu'autrefois nouveau gladiateur,
En levant dans les airs un des oiseaux du Phase,
Tu faisais d'un seul coup tomber avec emphase
Les membres palpitants de l'innocent vaincu.
L'on aurait dit Renaud, paré de son écu,
Et fendant à l'envi du tranchant de son sabre,
Les énormes géants de Parme et de Calabre.

Mais tu ne marches pas?... Ah! c'est que sous tes yeux
Mille boîtes encore, en présents précieux,

Etalent devant toi leurs richesses immenses,
Sollicitant ton choix qui rit de leurs instances.
Ici la poudre d'or du Pactole divin,
Reposant dans l'émail des terres du Toukin;
Plus loin, le pur Havane à la saveur exquise
Dans les cartons légers des bords de la Tamise;
Et puis ce frais Batave et ce pur amidon
Unis pour réchauffer Vénus et Cupidon.
Tant d'armes à la fois serviront le courage
Du fils du Capitole et de l'Aréopage.
Oui, lui, le descendant des plus nobles héros,
Montrera sa valeur qui n'a plus de repos;
Il va devant les siens déployer sa dentelle,
Etaler ses brillants et la mode nouvelle.

PASSE-TEMPS

L'heure des grands travaux est passée à la fin ,
Et dehors l'on entend le son doux , argentin ,
Que font tous les grelots des coursiers indomptables .
Que ton fier Mérion , dans ses goûts admirables ,

Fait piaffer à dessein de son fouet correcteur,
Pour stimuler leurs feux, conserver leur ardeur.
Tantôt il semble prêt à leur laisser les rênes,
Et tantôt les tenant resserrés dans leurs chaînes,
Sur leur croupe arrondie, il les fait replier,
Tandis que l'autre main frappe pour exciter.
Mais pourtant il se plaint, il maudit en lui-même
Les apprêts que tu fais et la chaleur extrême!
Ses lourdes facultés ne peuvent concevoir
La distance sans fin que l'on doit toujours voir,
Entre celui qui sert et celui qui commande!
Maugréer du soleil?... L'insolent!... qu'il attende!...
Je vais te dévoiler de tous nouveaux secrets
Pour varier ton temps et combler tes souhaits.
La politique en vain viendra t'offrir ses dires,
Ses paroles effraient et ses écrits sont pires;
Laisse donc la livrée aux têtes des Vulcains,
Mais ne cherche pour toi que des discours plus sains.

Comme journal choisis toujours le plus utile,
Celui qui parlera d'Aurore et de Lucile,
Qui dira les talents d'un acteur tout nouveau,
Ou si la mode est née en un nouveau berceau.
Cependant interromps ces lectures si graves,
S'il t'était annoncé par un de tes esclaves
Une jeune étrangère au regard doucereux,
Qui vînt pour réclamer, de ton cœur généreux,
Cette protection que l'on te vit sans cesse
Accorder aux talents avec tant de tendresse.
Toi-même conduis-la vers le sage intendant,
Qui dirige à la fois et la danse et le chant,
Dans cette cour célèbre où par des dons de Flore
Tant de nymphes se jouent auprès de Therpsicore.
Sois heureux de pouvoir par ton autorité
Protéger l'innocence, ainsi que la beauté !...
Quelquefois rappelant dans ta grande mémoire
Les usages anciens des Romains en leur gloire,

Tu viendras vers ces bains où t'auront précédé
Tes esclaves portant un linge parfumé.
Dénué, sans habits, et réduit à toi-même,
Du commun des mortels tu te verras l'emblême...
Mais non!... Dans un moment, reprenant tes habits,
Tu trouveras en toi la grandeur d'Osiris!...
De même, nous lisons l'histoire d'une fée
Qui fut cinq jours soumise aux jeux cruels d'Orphée,
Changer en tout son corps, bien qu'il fût immortel,
Puis rentrer cependant en un état réel
De putréfaction et se couvrir d'écailles,
Tel qu'un affreux serpent qui court dans les broussailles,
Bientôt après ce temps reparaître au soleil
Plus belle que jamais dans son nouveau réveil,
Et gouverner encor par ses attraits, ses charmes,
Le bonheur des amants et le destin des armes!...

PROMENADE DU MATIN

Mon Emile adoré, je vois avec transport
Ton cœur, à mes conseils, se plier sans effort.
Mais je tremble pourtant que ton noble courage
Ne craigne de ces soins le nombreux alliage ;

Regarde la Patrie alarmée à tes pieds
Qui cherche à t'arracher à tes travaux guerriers ;
Elle voudrait parfois te les faire suspendre
Et ménager les jours du nouveau Périandre.
Veux-tu que je te dise un des moyens parfaits
Qui doit de tes loisirs contenter les souhaits?
C'est lorsque après avoir chassé la nue humide,
Le soleil radieux sourit fier et limpide,
Alors daigne à l'instant comme un simple mortel
Sortir de ton palais et t'enfuir sous le ciel,
Librement respirer l'air pur, la douce brise
Qui répand le parfum qui la caractérise.
Chaussé d'un brodequin, vêtu d'un frac léger
Qui viendra sur ta taille à l'entour voltiger,
Va donc, abandonnant aux jeux de la nature
Ces beaux cheveux que l'art a laissé sans parure ;
Mais seulement qu'un peigne à demi-recourbé
Rassemble autour de lui, dans un tour englobé,

Ces fils soyeux et fins, ces tresses ondoyantes,
Qui, refluant, fuiraient des mailles impuissantes!
Puis, saisissant ce jonc que tu prends volontiers,
De Rome tu courras les différents quartiers;
D'un pas précipité tel que l'éclair rapide
Tu renverseras tout dans ta course intrépide.
Eh! comment distinguer, sans ce noble fracas,
Du vulgaire un héros jeté dans l'embarras?...
Mes conseils du matin, ici je les limite,
N'allons pas plus avant, le temps le nécessite!...

LES DERNIERS PRÉPARATIFS

Oui, déjà sous tes doigts, l'heure d'un rendez-vous
A ta montre pressée a sonné en deux coups.
L'on s'en aperçoit bien, car l'on entend encore
A tes breloques d'or s'unir un bruit sonore!...

Qu'est-ce donc en effet?... Quels bijoux gracieux !...
Je vois un petit char, d'un goût délicieux,
Que pourraient dans leur vol entraîner quelques mouches,
Puis deux petits chevaux ayant l'air tout farouches,
Mais si petits qu'ils sont, tels que nous les a peints
Le plaisant Gulliver dans l'histoire des nains;
Puis un sifflet doré dangereux et terrible
Que son exiguïté ne rend que plus nuisible !
Au théâtre, c'est lui qui déjà plusieurs fois
A contraint un auteur à ses exactes lois.
Mais que vois-je?... Ah ! voilà de ton amour ce gage
Que tu caches si bien à tout ton entourage...
Je ne sais point comment il m'avait échappé,
Car sous ce pur cristal il n'est pas si caché ?
Profânes, loin d'ici ! vous n'aurez point la gloire
D'avoir pu contempler ces signes de victoire.
Et vous, preux chevaliers qui courriez radieux
De royaume en royaume en des élans pieux,

Cherchant partout la lutte ou les combats terribles,
En brandissant le glaive en vos bras invincibles,
Voyez de vos neveux les pacifiques mains
Jouer avec l'Amour les hochets enfantins.
C'est le symbole pur de l'innocence antique,
De l'enfance des temps, du monde pacifique.

Mais reçois à la fin mes plus tendres adieux,
Héros charmant, ô toi gloire de tes aïeux,
Emile, le soutien de ta noble patrie!...
Tes esclaves rangés chacun dans leur série
Attendent tes regards, tes ordres importants,
Tandisque deux d'entre eux prêtent leurs bras tremblants
Pour t'aider à monter dans ton char magnifique.
Ton air superbe et fier est d'un cachet magique!
Que j'aime ce regard philosophe et distrait
Et ces façons de Roi, puis ce maintien parfait!

Nonchalamment couché sur tes coussins de plumes
Tu penses gouverner la mode et les coutumes.
Vous, peuple, reculez ! faites place en tremblant...
Malheur, si vous veniez retarder un instant
Le triomphe pompeux de mon héros sublime !
Le corps de l'importun, innocente victime,
Renversé sur le sol, serait broyé séant
Entre la pierre nue et le pavé sanglant !...
Et qu'importe ce sang ?... Le sang de ce vulgaire
Aux héros demi-dieux, il n'est point nécessaire !...

LES

QUATRE PARTIES DU JOUR

A LA VILLE

Deuxième Partie

LE MIDI ET LE SOIR

Déjà les vagues d'or du globe de Phébus,
Convertissent leurs feux en des rayons diffus,
La nature se meurt et le mortel profane
Se répand dans la rue en quittant sa cabane,

Car l'ombre rafraîchie a partout à propos
Fait naître le désir d'un bienfaisant repos!...
Laisse le peuple aller chercher à se distraire
Dans les délassements d'une amitié vulgaire!
Mais toi, semblable aux Dieux, pratique mes leçons
En te moquant du jour, des heures, des saisons!...
Iris termine enfin les soins de sa toilette;
Dans son contentement le miroir la reflète.
Son goût dans mille objets de diverses couleurs
Ne savait distinguer quels étaient les meilleurs.
Il volait demandant tantôt une dorure
Et puis la rejetait pour toute autre parure.
Ses femmes se pressaient à tous ses mouvements
Et pliaient sous le joug de ses tâtonnements!
Mais pourtant sa vigueur, dans ces dures études,
A triomphé bientôt de ces incertitudes.
Je vois sa confidente à ses secrets amours
Lui déclarer tout bas qu'elle est belle toujours,

Et de sa main tirant un voile tutélaire,
Couvrir de sa Psyché le discret sanctuaire.
Un essaim louangeur de jeunes amoureux
Applaudit et rappelle, en un style mielleux,
L'histoire des amours d'une modeste artiste
Et les pompeux détails d'une intrigue puriste!
Le béat Amynthor sourit à leurs propos
Et murmure en secret contre ton long repos.
Allons, décide-toi! Mais que ta gratitude
Ne s'occupe point trop de son incertitude!
S'avilissant peut-être aux vulgaires maris,
Il veut garder chez lui, parmi ses favoris,
Le doux titre d'époux et dîner à sa table.
Peut-être aussi veut-il en vainqueur trop aimable
Porter ailleurs ses pas et ses discrets transports,
Pour oublier Hymen et réparer ses torts!
Mais que t'importe-t-il? vole où l'amour t'appelle,
Ton retard lui serait une douleur mortelle!

LA VISITE

Déjà le bruit connu de tes pas turbulents
S'est fait entendre au fond de ses appartements.
Amynthor empressé se hâte à ta rencontre,
Dans le temps qu'au salon son épouse à l'encontre,

Par un jeune étourdi, surprise en ses pensers,
Cherche à parer sa main de ses brûlants baisers.
C'est pour toi seulement qu'un enchanteur sourire
Sur ses lèvres alors tout-à-coup vient de luire ;
Chacun déjà s'éloigne et reconnaît tes droits,
Espérant néanmoins que, par un nouveau choix,
Si tu viens à sombrer dans la moindre inconstance,
D'un successeur l'Amour payera la constance.
Mais qui donc oserait aujourd'hui disputer
Ton empire puissant et vers toi se buter ?...
Pareil à ce sultan d'Ispahan, de Bizance,
Venant dans son sérail où règne l'opulence,
Où sont, par tant de soins avec d'immenses frais,
Mille fleurs de beauté dont il jouit en paix,
Qui rentre avec hauteur, côtoyant ses eunuques
Qu'il fit venir d'Ossa, de Mossoul et de Lucques ;
Ses yeux aux noirs sourcils promènent leurs regards
Sur cette vile troupe aux visages hagards ;

De son juste mépris, on le voit qu'il ordonne
Qu'ils aient à rester loin de sa noble personne!...

Ta gloire enfin commence, ô mon illustre acteur!
C'est le moment, il faut te montrer en faveur!
Sois libre à ses côtés, développe tes charmes;
Car du fou Cupidon tu disposes des armes!
La main gauche cachée à demi sur ton sein,
Qu'elle fasse plisser ta robe de satin;
Mais que la droite allant plus haut, vers la dentelle,
Semble vouloir tenir une étoffe rebelle.
Etale donc les doigts, allonge aussi le cou,
Puis, te haussant un peu, pliant un seul genou,
Que tes lèvres alors, qui seront presque closes,
Murmurent lentement quelques mots et par pauses.
Iris est enchantée et sent glisser sa main,
Qui ne doit point vers toi venir quêter en vain

Un baiser, des souhaits et ces ardeurs nouvelles
Qui lui rappelleront des faveurs plus réelles.
L'assemblée à l'entour se tait avec respect
Et frémit du plaisir d'un bonheur indirect.
Rapproche un peu ton siége et puis, penché vers elle,
En quelques mots secrets, dis-lui donc à l'oreille
Tout l'amour qui te brûle et bouillonne en ton cœur;
Laisse un mieilleux sourire aller en délateur,
De tes lèvres livrer à toute l'atmosphère
Cet apparent soupçon où plane le mystère.

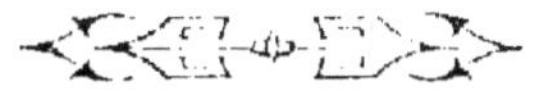

LA JALOUSIE

Quels conseils ai-je encor à joindre à tous ceux-ci?..
Il est quelquefois bon qu'un destin obscurci
S'étende sur l'empire amoureux et tranquille
Qui sans lui deviendrait mauvais et difficile ;

Le pilote éprouvé, qui court sur l'Océan,
Craint le calme parfait bien plus que l'ouragan.
Combien de fois déjà, dans ce cas difficile,
N'a-t-il point, regardant cette mer immobile,
Tremblé d'un tel repos et conjuré les vents
De lui donner plutôt des bouleversements,
Pour fendre avec vigueur la surface liquide,
Qui résiste aux rameurs comme un miroir perfide !
L'amour prudent ainsi se cache quelquefois
Sous un masque emprunté d'un geste ou d'une voix,
Pour faire alors planer comme une certitude
Le sujet soupçonneux d'où naît l'inquiétude.
Peut-être Iris déjà les a bien mérités ?
Tes soupçons querelleurs ne sont-ils point fondés ?
Dans la dernière nuit, qu'elle fut satisfaite
Lorsqu'elle vit paraître au milieu de la fête
Ce superbe étranger plein de séduction !
Qu'elle semblait entendre avec émotion

Parler l'accent divin de la langue française,
Qui semblait sur son cœur verser comme une braise ?
Ses yeux étaient fixés avec tant d'intérêt,
Que son esprit en eux laissait voir son reflet
Et sa bouche entr'ouverte et presque épanouie,
Etait comme une fleur de rosée envahie.

Cherche encor, si tu veux, fouille en ton souvenir,
Et tu verras Iris devant toi tressaillir.
Hier même à l'Opéra sa lorgnette captive
N'a-t-elle persisté avec volonté vive
A scruter cette loge où le jeune Italus,
Ce favori de Mars et des belles Vénus,
Se plaisait à compter ses couronnes de Myrthe
En semant ses lauriers, tel que le corps d'Absyrthe.
Courage, ô mon Emile, en tes propos jaloux,
Car je vois son beau front se couvrir de courroux.

Elle mord de dépit ses deux lèvres vermeilles,
Et voudrait bien en vain se boucher les oreilles.
Sa colère sur toi va se tourner bientôt,
Cherchant à se venger, répondre mot pour mot.
Pour te réprimander, serait-ce difficile?
Car tu parais léger et ton cœur est mobile!
Au dernier rendez-vous quel peu d'empressement!
Et puis tu dis l'aimer si passionnément,
Tandis que l'on te voit, en visites secrètes,
Demander le plaisir aux baisers des soubrettes?...
Quelle gloire pour toi dans ces méfaits nombreux
Et du courroux d'Iris que tu paraîs heureux?
Tu voudrais que son cœur agité jusqu'à table,
Portât comme un dégoût, une plaie incurable,
Refusant tous les mets qu'on lui présenterait;
Pour tous les yeux malins son amour percerait.
Sois sûr que tous les tiens sont dévorés d'envie
D'avoir occasionné cette mélancolie!

AUTREFOIS

Mais toi, riant de tout, tu paraîs sans tourment ;
Pour le mari d'Iris on te prendrait vraiment !..
Bons époux, écoutez avec reconnaissance
Les accents de ma Muse en cette circonstance.

Combien vous différez de vos cruels aïeux !...
Pendant ces temps grossiers un monstre furieux,
Aux yeux louches, sanglants, sortit d'une caverne
Située, à ce qu'on dit, aux confins de l'Averne;
Effroyable on le vit venir subitement
A l'entour troublant l'air d'un sombre ronflement.
Partout où reposaient deux époux sur leur couche,
Il courait aussitôt dans son ardeur farouche,
Tout écumant de rage en son courroux vengeur,
Au séjour de l'Hymen, il répandait l'horreur.
Sous son affreux venin les victimes gémissent,
Et les bois, les rochers de leurs cris retentissent.
L'on fuit de tous côtés, et la noire terreur
Laisse tous les esprits épuisés par la peur.
En effet, l'on pût voir près de l'épouse en larmes,
De féroces époux jaloux de tant de charmes,
Entraîner cette proie en des antres noircis
Pour lui faire choisir, entre deux vis-à-vis,

La coupe empoisonnée ou l'arme meurtrière !
Comment à leur folie opposer la prière ?...
Insensée Italie ! en tes sombres fureurs,
Le cri de tes enfants, des épouses en pleurs,
Retentit au-delà des mers les plus lointaines,
Semant partout pour toi des mépris et des haines...
Mais pourquoi t'appeler encore le séjour
De l'Hymen envieux et du captif amour ?...
Non, non, ne craignons plus les fureurs de la bête
Qui jadis dans ces champs suscita la tempête.
Qu'elle aille aux grands Ourals, au-delà de ces monts,
Protéger les amants contre les noirs affronts.
Aujourd'hui Rome est libre, elle a brisé sa chaîne,
Et toute l'Italie à sa suite se traîne !

L'HEURE DU REPAS

Mais les échos déjà répètent à l'envi
Ce nom de mon héros qui même a retenti
Jusqu'aux antres profonds où le major utile
Scrute avec ses sens la science subtile.

Ses élèves nombreux avec leurs tabliers blancs
Exécutent ses lois et se pressent suants.
Et qui, pour commander fut-il jamais plus digne ?
Sa patrie enfanta, par un honneur insigne,
Les Colbert et les Louis, les Richelieu, Bayard,
Charles le grand, Condé, la noble Jeanne d'Arc,
Sans doute, on vit un jour aussi le grand Achille
Près des vaisseaux vainqueurs ordonner en habile,
Pour tous les héros Grecs un repas somptueux
Où régnaient tous les mets les plus voluptueux
Dont Patrocle pressé dans ses humeurs gourmandes
Sur des brasiers ardents faisaient rôtir les viandes !
Mais toi, bien plus expert que ces anciens héros
Tu vas être l'objet de bienveillants propos !
Tes louanges volant bientôt de bouche en bouche,
Feront rendre à la vie un joyeux scaramouche !
Et qui donc oserait goûter sans applaudir ?
Va, mon Emile est là, prêt à te garantir !....

Malheur au parasite, impudent de sarcasme,
Qui pour tes grands talents n'aurait d'enthousiasme !
On le verrait demain promener tristement
Se repentir trop tard de son égarement...
Ah !... Le maître-d'hôtel vient gravement de dire,
Que Madame est servie ; alors cessons de rire !...
Allons, empresse-toi, mon Emile, ô héros !
Iris attend ta main, tu le peux à propos,
Il est de la valeur de soutenir les faibles.
Ne vit-on point Cadmus aider à bâtir Thèbes ?
Marchez.... derrière vous les convives par deux,
Suivent vos pas, allez, arrivez avant eux.
Le mari tout rêveur, indifférent peut-être,
Marche seul le dernier, on voit qu'il est le maître !
Race de demi-dieux ! Oh ! ne rougissez pas
D'employer quelque temps à prendre un court repas ;
Car ce n'est pas la faim, je le sais, qui vous pousse ;
C'est au tigre, au vautour, d'avoir cette secousse ;

C'est au peuple à sentir un besoin si honteux !

Pour vous, c'est le plaisir, plaisir voluptueux.

De ses lèvres de rose il invite à la joie

Et sous les traits d'Hébé, vous conduit dans sa voie.

LE PLAISIR

Je n'ose l'assurer, on dit qu'il fut un temps
Où les hommes vivaient égaux parfaitement.
Toutes distinctions de pauvres et de riches,
De peuple et de noblesse, ou gains et bénéfices,

Pas même soupçonnés n'existaient nulle part ;
Et ces hommes errants se livraient au hasard ;
Ils s'arrêtaient partout sans choix, sans préférence.
Mais qu'en est-il, Emile et quelle est ta croyance ?
L'on ose raconter que tes premiers aïeux,
Ainsi que ceux de tout ce peuple malheureux,
Qui ne devrait jamais porter vers toi sa vue,
Allait joyeusement en la même tenue,
Pour se désaltérer dans les mêmes ruisseaux,
Cueillir les mêmes fruits sous les mêmes berceaux.
Tous n'étaient occupés qu'à fuir la souffrance
Et n'avaient du désir aucune conscience.
Mais l'uniformité qui régnait en ces lieux
Eût fatigué bientôt l'attention des dieux !
Aussi, pour disperser plutôt sur sa surface
Une diversité parmi la populace,
Ils donnent aux humains le Plaisir enchanteur,
Aux plus audacieux à saisir le bonheur.

Tel on voit quelquefois l'amour, de l'Uranie,
S'envoler vers Paphos, tel on vit ce génie,
Descendant l'Empirée et planant dans les airs
S'approcher lentement des coteaux et des mers.
La nature déjà sourit sans le connaître
Et ses parfums partout répandent le bien-être.
Ses ailes remuant font fraîchir les zéphirs
Et les fleurs à leur tour, ont de plus doux soupirs.
L'onde tombant du haut d'une fière cascade
Fait entendre un son doux, murmure plus nomade.
A ses côtés aussi, les ris avec les jeux,
Voltigeant tour-à-tour entremêlent leurs feux,
Et bientôt attirant l'ambroisie à leurs lèvres,
Les Grâces entre eux deux respirent de leurs fièvres;
Ils s'étreignent d'ardeur et leurs yeux languissants,
Laissent encor jaillir des éclairs flamboyants,
Etincelles au Ciel ensemble elles s'embrasent,
Dessinant dans les airs les fluides qu'elles rasent.

O terre infortunée ! enfin tu sens ses pas,
Fouler l'herbe fleurie et chasser tes frimas,
Un doux frémissement s'entend dans les broussailles,
Se répand dans ton sein, agite tes entrailles.
Ainsi par les chaleurs brûlantes de l'été,
Après avoir ouï, grondant, précipité,
La foudre qui de loin vient menacer la plaine
Et fait gémir Echo au fond de son domaine,
Ainsi l'on voit parfois des esprits bienfaiteurs
Réjouir les oiseaux, faire rouvrir les fleurs;
C'est lorsque sur la terre une pluie abondante
Vient pour ranimer l'air, la nature mourante.
Heureux mortels, vous tous que Jupiter forma
D'une argile sacrée à làquelle il donna
Le désir et la voix, le vouloir, l'énergie,
Après avoir créé dans elle un cœur, la vie,
De vos cœurs étonnés agités du Désir
Naquit le goût divin qui trouva le Plaisir.

Tandis que l'on cherchait alors le sexe aimable
Pressé par le besoin ou par un cœur affable,
Ce sexe se changea, saisit l'autorité,
Attirant tout à lui par sa seule beauté.
C'est alors que le goût dirigea tous les hommes,
Les plus voluptueux nageaient en ses arômes.
Alors on préférait à la fade liqueur,
Qui semblable au cristal court, pure et sans couleur
Le jus si pétillant de Bacchus, de Pomone;
Et parmi tous ces vins que ce Bacchus nous donne,
L'on sut bien distinguer celui qui sort moussant
Des pressoirs de Champagne ou des crus de Brabant,
Celui qui, dans les airs, par son parfum s'annonce
Et celui que Pomar, Beaune ou Nuits nous dénonce
A partir de ce jour s'envola vers le ciel.
La noble égalité, sentiment immortel !
Et comment des esprits voluptueux sensibles
Pourraient-ils vivre avec des manants si paisibles?

Les organes grossiers du peuple travailleur
Peuvent-ils éprouver le sens estimateur;
Aucun frémissement sous l'impression douce
D'un plaisir recherché, d'un bonheur sans secousse :
Semblable au bœuf qui trace à pas lents un sillon ,
Il ne sent qu'un besoin que presse l'aiguillon.
Il doit toujours traîner esclave dans la vie ,
Voir joindre à ses douleurs , peine et mélancolie !
Mais toi , noble héros qui d'ancêtres fameux ,
Dont la tige se perd dans les temps ténébreux ,
A puisé la liqueur qui coule dans tes veines,
Toi dans qui leur pouvoir et leurs vertus romaines
Sont joints à ces trésors ramassés par leurs mains,
Sous tes lois et par eux se plieront les humains.
Dieu fut juste envers toi ; le peuple méprisable ,
Doit travailler , gémir , pour être supportable !..

LA SALLE DU FESTIN

Iris pourtant penchée à demi sur ton bras,
La première est entrée où languit le repas,
Cette salle où les mets ont des parfums suaves.
A son secours voici deux, trois, puis quatre esclaves,

Ils ont approché d'elle un superbe fauteuil.
Pour s'asseoir aide-la, fais-le dans ton orgueil.
Tu peux même lever sur les bords de son siége
Les longs plis de sa robe ou jupe de Barége.
Auprès d'elle est ta place et l'amour te le dit,
Allons et quel rival oserait l'interdit ?..
Rappelle-toi ce Dieu qui restant immobile
Fut pris par les Romains pour un présage utile !
Lorsque Jupin parut pour se faire adorer,
Au Capitole on vit vers lui les dieux aller ;
Junon, Vénus et Mars et le fils de Latone,
Mais le Dieu Terme seul resta sur sa colonne.

Les convives déjà placés autour de vous,
D'une douce gaîté prennent les avant-goûts.
Dans des propos chacun se livre à des saillies
Et de chaque côté courent les railleries.

Comme des papillons qui volent à la fois,
Les nouvelles du jour semblent pleuvoir parfois.
Mais bientôt la licence établit son empire,
Et voit son voile choir, tandis qu'il se déchire !
Puis devant le danger des coupes se vidant
Dans un recoin obscur elle s'en va tremblant ;
Et sitôt en dépit, dans sa gaze légère,
Elle revient plus fort, voulant toute en colère,
Faire paraître enfin cette douce rougeur,
Qui passait dans le temps, pour signe de pudeur.
Les femmes rient alors, Amour fait ses délices,
Et les hommes heureux jouent avec leurs complices !

LE DERNIER SERVICE

Mais le repas déjà s'avance lentement,
Et l'ample hérédité d'un nombreux descendant
Vient briller tour à tour et dans chaque service,
Par des plats d'argent, d'or, les plus beaux de l'office.

Deux cents mets recherchés aiguisent l'appétit
Et sont assaisonnés de divers traits d'esprit...
Voyez Iris cherchant, d'un caprice bizarre,
A vouloir découper ce beau faisan si rare !
Elle voudrait encor lui donner plus de prix :
Allons, fils de Pallas, fais-en mille débris !..
Prends le fer qui repose à ta droite, tranquille ;
De sa pointe sépare et fends le volatile,
Que la beauté par toi soit armée aujourd'hui !
Que ce soit la Valeur qui lui serve d'appui !
Regarde-la toujours ! Quels prodiges d'adresse ! !...
Amour, ranime encor la vigueur qui la presse.
Que de Grâces l'on voit voltiger sur sa main,
Monter sur son bras blanc, aller jusqu'à son sein,
Sur sa bouche entr'ouverte elles courent ensemble,
Puis reviennent encor troubler sa main qui tremble !
Tous les cœurs attentifs suivent ses mouvements;
Tous les yeux sont témoins de ses exploits brillants !

Le mot qui vole alors ce n'est point la louange,
Non, c'est un doux baiser, qui par un vol étrange,
S'échappe frémissant, des lèvres que chacun,
S'empresse d'entr'ouvrir au bienfaisant parfum..
Mais son ardent regard va terrasser l'audace,
Et porter au respect l'impudence qui passe !

Si pourtant accablée et prise de langueur,
Iris ne se sent plus le courage et le cœur
De donner elle-même aux convives à table,
Les mets qui sont servis comme en foule innombrable,
C'est à toi mon Emile, à veiller à ce fait,
A remplir cet honneur objet de ton souhait.
Or, quelle occasion de montrer tes dentelles,
Ce chef-d'œuvre enchanteur de Londres, de Bruxelles.
Tu peux faire briller ce diamant si beau
Qui nourrit tant de fois Harpagon et Carpeau.

Tous tes admirateurs sont jaloux de tes pauses,
Et sont forcés de voir tes doigts, tes ongles roses.
Dans un commun accord ils veulent au surplus
Justement t'adjuger le couteau que Comus,
Au plus adroit héros réserve à chaque table.
Souvent nos beaux Ajax disputent le semblable!

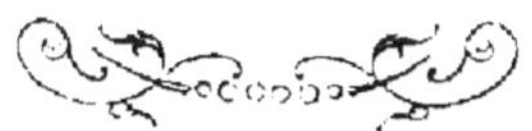

LE TOAST

En parlant j'oubliais un cas parfois fâcheux,
C'était de te montrer un de ces traits nombreux
Qu'un destin ennemi lance à l'Amour sensible !
La politesse alors nous commande inflexible.

C'est lorsque malgré nous, il faut abandonner
Notre place d'honneur pour un noble étranger.
Chamarré de Cordons, ce puissant de la terre
Rappelle autour de lui les exploits de la guerre ;
Chacun veut présenter cet hôte glorieux !..
Allons, va te confondre aux subalternes Dieux.
Pourtant rassure-toi, car si ta place est prise,
Amour va te donner ressource à cette crise.
Voltigeant en secret, sur la table à l'entour,
Il sera l'interprète aux coups d'œil de retour,
Il porte tes soupirs brûlants d'impatience
Et rapporte un baiser enflammé de puissance.
Iris attend des mets placés auprès de toi,
Puis de ceux qui la touche, elle te fait l'envoi.
Des souvenirs charmants naissent de cet échange,
Qui redonne à vos cœurs une ferveur étrange.
Sois surtout attentif, au moment principal,
Qui voit Iris porter ce vase de cristal,

Qui partage avec toi, le don d'aller près d'elle
A sa bouche riante et si douce et si belle.
Son regard enchanteur exprime des doux vœux,
Formés par sa tendresse et son cœur généreux.
Réponds à ses souhaits en saisissant ta coupe ;
Mais pour unir vos vœux n'imitez pas le groupe.
O couple fortuné, que ma muse en chantant,
Y joigne aussi les siens, son vœu le plus ardent.
Que pour vous les trésors que Bacchus vous prodigue
Vous fassent encor goûter les fruits d'amour prodigue!
Qu'il couvre d'un bandeau vos infidélités,
Sans lequel vous seriez honteux d'iniquités !
Que seulement il fasse entrevoir les caprices,
Qui peuvent de vos cœurs ranimer les délices !
Une muse ordinaire en ses vœux solennels,
Souhaiterait vos cœurs en des liens éternels ;
Pour moi, je ne demande au destin qu'une chose,
Qu'autant que vos plaisirs ce lien subsiste rose !..

LE DESSERT

Cependant le repas approche de sa fin
Et parmi les douceurs coule le meilleur vin.
Dès ce moment Cypris et le Dieu de la treille
Ont ensemble vidé la dernière bouteille ;

Ayant pris par la main la joie et le plaisir
Dans la danse bientôt ils vont se divertir.
Un convive à l'instant touché par la Déesse,
Qui dispose à son gré, du bonheur, de l'ivresse,
Saute et sent pétiller en lui comme un tison,
Electrique ressort qui court par la maison.
Alors de toute part on voit les Ris en lutte,
Et les esprits brouillés en bruyante dispute :
Si l'un conclut la paix, l'autre veut les débats ;
Celui-ci vient régler les conseils des Etats ;
Celui-là pour ranger mille nouveaux partages,
A son gré, va d'un mot, reculer les rivages.
Cet autre va juger impérieusement
Les favoris de Mars en leur désœuvrement ;
Le dernier d'un seul trait, avec grandeur discute
Que la philosophie appelle à la dispute !

LE MOKA

Mais Iris à la fin par un soin prévoyant
A d'un signe enchanteur clos le repas brillant.
Allez, voluptueuse et sémillante troupe,
Passez dans ce salon, choisir sur la soucoupe

La tasse ou le Havane embaumé de Cuba.
Et vous tous malheureux, du festin de Galba
Vous pourrez bien de loin considérer les restes,
Tandis que par la faim vos entrailles sont lestes;
Mais il n'est point permis à vos souhaits pressés
De prétendre acquérir ces os demi-rongés.
Si leurs douces vapeurs montent à vos narines,
Mille valets déjà crient après vos rapines;
Craignez même leurs coups! Est-ce à vous en effet,
De venir affliger d'un spectacle aussi laid,
Les regards imposants, le gracieux sourire,
De tous ces demi-dieux en leur noble délire!..
Je te retrouve Emile, en un gris tourbillon
Cerné de toute part de tasses du Japon.
La liqueur de Moka bienfaisante et si pure
Coule à flots odorants avec un doux murmure.
Il te faut de ta main servir toi-même Iris;
Mais demande d'abord son variable avis!

Si son goût aujourd'hui veut avec abondance
Du doux fruit de Candie en sa noire substance,
Ou si capricieuse en un goût tout nouveau,
Elle en voudrait à peine un tout petit morceau ;
Pensant pouvoir ainsi distinguer l'amertume
Qui nage avec lenteur dans la mœlleuse écume.
Iris est toute heureuse à ton attention
Et savoure à plaisir la suave boisson.
Telle l'on voit Fathma, nonchalamment assise,
Se jouant amoureuse en sa fainéantise
Avec la barbe épaisse et souple du Sultan,
Qui cherche le repos au sérail Musulman ;
Au regard de Fathma son chagrin se dissipe
Car l'heureux Ben-Ali laisse tomber sa pipe !

UNE RÉFLEXION

Mais je crois voir tes yeux fixement attachés
Sur la douce liqueur de fruits pulvérisés!
Quelle pensée en toi s'enroule avec délice?..
Je l'imagine enfin. Consultant ton caprice

Il s'agit de savoir l'attelage de choix
Qui doit faire briller tes importants exploits.
Vas-tu te décider pour ces coursiers énormes
Que les Cimbres dressaient sous leurs druidiques ormes;
Pour ceux qui sont nourris sur le bord producteur.
Du Drave sinueux en son cours enchanteur ;
Ou pour ceux qui sont nés dans nos belles frontières ;
De quels harnais vas-tu couvrir leurs croupes fières ?
Modestes, négligés, ceux-ci désigneront
Le char d'un philosophe en son savoir profond.
Mais ceux-là par Iris seront choisis peut-être,
Ils indiqueront mieux l'attelage de maître.
L'on verra retomber sur les flancs des trotteurs
Cette houppe argentée aux plus riches couleurs ;
Et ces nobles coursiers en orgueilleuse allure
Porteront fièrement la Royale parure...
Eh ! nouvel embarras ! Irez-vous triomphants,
Dans ce char dont la masse aux ressorts si pesants,

Va faire respecter Iris et son empire ?
Ou bien choisirez-vous par un goût que j'admire,
La berline légère et propre à vos souhaits ?
Ou préférant alors être encor moins distraits,
Allez-vous faire choix du vis-à-vis magique
Où l'on voit dessiné l'Amour allégorique !...
Ses transports et ses jeux brillent sur les panneaux
Ornementés de fruits, de roses, de flambeaux.
Oh ! Tout autre que toi, pris par l'incertitude,
Ne s'en pourrait tirer qu'avec inquiétude,
Mais tes ordres déjà sont partout répandus
Et tu reviens aux Jeux, aux soins plus assidus.
Je vois ces Dieux divers ornés de tous leurs charmes
Aux mains des combattants mettre eux-mêmes leurs armes;
Leur grande prévoyance, agréable à vos vœux,
A posé à l'écart une table pour deux.
Allons, Amour sourit de ce beau stratagème;
Dans ses ruses de guerre à lui le diadème !...

LE TRICTRAC

Un amant malheureux brûlait depuis longtemps,
Pour la belle Aglaé de feux secrets, puissants;
Des regards langoureux et quelques signes rares,
Etaient de ces deux cœurs les traducteurs bizarres.

Encore pour tromper un vigilant époux
Fallait-il être prompts, actifs en tous ses coups.
Ce mari dont les yeux étaient ouverts sans cesse
Au moindre bruit dressait l'oreille avec prestesse.
Hélas! Pas un esclave à pouvoir suborner,
Pas le moindre billet à pouvoir envoyer!
Et là-dessus l'amant en cette rêverie
S'en allait tourmenté de la sombre Furie.
Il court près de Mercure, en son grand désespoir,
Et demande à genoux l'essai de son pouvoir.
Mercure a par trois fois baissé son Caducée
Et Narcisse à l'instant sent son âme éclairée.
Ce Dieu d'un jeu nouveau lui donne le détail,
Qui pour l'esprit captif devient un vrai travail.
L'amant heureux comprend et revient chez sa belle
Tâcher près du mari la tactique nouvelle.
Jeu bruyant avec lui les époux attentifs
Ne pourront plus risquer que des regards furtifs...

Allons, Narcisse enfin vient de prendre une table;
Il en hausse les bords, en son centre probable,
Pour en former deux camps égaux et teints en noir;
Douze cases en long les coupent en couloir.
L'on voit des deux côtés des couleurs dissemblables;
Du blanc et puis du vert, couleurs ineffaçables.
Telles, des bataillons, quinze dames par bout
Attendent pour marcher qu'on indique le coup.
Deux dés désigneront la marche qu'il faut suivre;
Un cornet de bonheur au dieu Destin les livre.
Heureuse elle sera la dame en s'avançant,
Qui ne se perdra pas en un saut imprudent.
Si le hasard parfois la trouve sans compagne,
Le choc d'un ennemi vient alors et la gagne.
Puis aussitôt les dés jetés et renvoyés,
Feront mille mourants en doublant les blessés.
Mais je vois deux à deux toutes les dames blanches
S'assemblant pour frapper quelques nobles revanches.

Les vertes tout d'un coup en leur marche avançant,
Vont partant d'un échec essuyer le tranchant.
Mais le coup porte à faux et retombe sur celles
Qui trop imprudemment ont été plus rebelles.

Toutefois, je crois voir qu'en un hasard heureux
Les blanches, dont Narcisse est le chef courageux,
Marchent insolemment fières à la victoire;
Pour les autres, on voit la défaite notoire!
Aglaé les commande et l'époux attentif
Examine à plaisir ce jeu récréatif.
Cependant, étonné de la joute nouvelle,
Le mari si jaloux trouve que la querelle
A lieu d'un peu trop près entre les combattants,
Alors il se démène en efforts agaçants.
Tantôt sur l'un des bords, il a posé son coude
Tâchant de découvrir si Narcisse ne boude.

Tantôt ayant porté sous la table un regard,
Il en est rappelé par le bruit du Hasard.
Il regarde attentif, puis il prête l'oreille,
Il s'éloigne effrayé, mais le soupçon l'éveille :
Il retourne au combat qui s'échauffe plus fort,
Désireux de savoir lequel choisit le sort.
A l'heureux, le destin porte déjà la palme
Et le cornet vainqueur ne contient plus son calme.
Il a vu le vaincu vouloir donner aux dés
Une nouvelle chance en ses efforts pressés,
Mais ces essais sont vains ; aux coups qui se succèdent,
Suivent les coups perdus, ceux qui se dépossèdent,
En un mot, tant de bruit en ce bruyant duel,
Ferait croire la foudre en retour continuel.
Le pauvre époux, jaloux, importuné, sans force,
Echappe à ce tourment, dont il maudit par force
L'invention horrible en ses tours curieux ;
Tandis que c'est pourtant le plus noble des jeux !

Mais Mercure est en joie et l'amant a la gloire,
Aglaé de l'Amour reconnaît la victoire.

L'AGE D'OR

Il était tel ce jeu dans ce siècle de fer !
Une fâcheuse idée en faisait un enfer !...
Les époux par l'honneur étaient armés sans cesse ;
Mais l'âge d'or venu, voyez quelle sagesse !

8.

Alors l'égalité vient naître parmi nous,
Et fait de bons amis, des obligeants époux.
L'amante avec l'amant, tous les deux bien tranquilles,
Ne cherchent en ce jeu que passe-temps utiles.
Et pour faire cesser désormais tant de bruit,
Inutile à présent, le Progrès qui nous suit
A formé des cornets d'un cuir très élastique,
Où les dés vont, roulant de leur base conique,
Tomber sur un tapis d'un moelleux taffetas
Qui les reçoit alors sans le moindre tracas.
Mais le jeu n'a gardé dans sa forme nouvelle
Que le nom de l'ancien : c'est trictrac qu'on l'appelle !

LE SOIR

Déjà le jour est prêt à finir pour les fleurs,
Et la nuit vient forcer le peuple en ses labeurs.
Aux regards de Phébus, une moitié du globe
Déjà dans son contour, en entier se dérobe.

Du haut du Panthéon, le soleil a donné
A Rome ses adieux et son dernier baiser ;
Il semble désirer voir ton noble visage
Avant d'aller ailleurs reporter son hommage !
Aujourd'hui qu'a-t-il vu?... Des valets haletants
Qui suaient sous ses feux pour labourer tes champs ;
Des ouvriers aussi qui, puissants, intrépides,
Reblanchissaient tes forts et tes donjons solides ;
Des soldats tout armés veillant sur tes remparts ;
Des bergers rassemblant leurs troupeaux tout épars ;
Et puis des matelots qui remontaient le fleuve,
Pour porter des trésors ou tous autres chefs-d'œuvre.
Objets petits et vils pour un Dieu si puissant,
Qui fait dans l'univers le jour si bienfaisant.
Qu'il voie enfin celui que servent tous les hommes ;
Celui qui ne sert pas ! La fleur des gentilhommes !

L'HEURE DU COURS

L'heure du cours arrive et les chemins poudreux
Retentissent déjà d'un bruit tumultueux.
Mais, Emile, sans toi, la grande promenade
Ne serait qu'un vain mot, amusement maussade...

Vois celui-ci passer, c'est un jeune seigneur,
Qui dévore son bien par son goût gaspilleur.
Il est fier de son char dans lequel il s'enfonce ;
Il s'y meut en tous sens, et puis il s'y renfonce ;
Il s'applaudit lui-même et se penche boudeur,
S'appuyant sur son coude, il paraît tout rêveur ;
Puis il rit à plaisir des rivaux qu'il efface
Et n'a que du mépris pour la foule qui passe !...
Celui qui d'aussi près le suit avec ardeur,
Est un beau parvenu, cet habile enchanteur,
Qui sut si bien changer avec son or magique
Son obscure cabane en palais magnifique.
Maintenant, il commence à soupçonner enfin
Le vulgaire civil, méprisable et faquin.
Vois cet autre, orgueilleux d'un beau titre de gloire,
Dans lequel il se berce en honneur illusoire.
Il croit de tous côtés entendre un doux concert
Pour vanter son grand cœur et son savoir expert...

Mais quoi ? L'ai-je bien vu ? Sont-ce là ces matrones
Dont le zèle emporté vous poursuit de leurs prônes ?
Avec elles, la joie et les amusements
Devraient être bannis de vos rassemblements !
Mais alors pourquoi donc, après leur longue absence,
Prétextant un besoin dans leur grande prudence,
Viennent-elles chercher à donner à l'Hymen
Un appât innocent en ce nouvel Eden ?
Voyez-les étaler les grâces de leurs filles
Près des attraits vieillis, cachés sous leurs mantilles.

Mais aux éclats bruyants qui partent par ici,
Je reconnais la voix d'un manant impoli !...
Non, c'est le gai troupeau de ces nymphes légères,
Dont vingt amants coquets, fastueux en chimères,
Se disputent l'honneur de marcher sur leurs pas,
De se joindre au concert de leurs discrets ébats.

Elles n'ont plus ici le rôle si bizarre
De Junon, de Minerve, en leur prudence rare ;
Elles consentent bien, s'il le faut, un instant
A délaisser l'Olympe et son gouvernement.
Comme leur goût décent se voit en leur parure,
Tous les regards tournés contemplent leur dorure !
Leurs cheveux en flottant exhalent dans les airs
D'odorantes vapeurs, et, tels que des éclairs,
Leurs propos enjoués et leurs ris agréables
Volent tout à l'entour en notes variables.

Mais l'on entend s'accroître et la foule et le bruit,
Tous se pressent ensemble et l'Amour les conduit.
Voici dans leurs grands chars nos augustes princesses;
Tous les cœurs sont liés à ces enchanteresses.
Mais voyez ces coureurs qui devancent le pas
De leurs nobles coursiers, malgré tout l'embarras.

Tout à l'entour des chars de ces brillants satrapes
L'on voit deux cents valets qui se pendent en grappes;
Leur contenance grave et leur rude maintien
Rappellent les beaux jours de l'Empire païen.
Mais, Emile, où cours-tu? les superbes Romaines
Ont amené déjà, fières comme des reines,
L'élite des héros, de Rome la splendeur.
Courage, hâte-toi, en réel amateur,
Répare chez Iris, de ta main si légère,
Le désordre étonnant de sa coiffure austère.
Prête-lui le secours de ton bras, pour monter
Dans ce beau vis-à-vis, si propice à rouler;
Et l'amour l'ombrageant sous son aile divine,
Lui-même guidera la brillante berline....

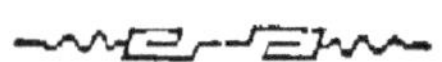

LE TÊTE-A-TÊTE

Je vous vois, couple heureux, enfin loin de l'époux!
Que toute cette pompe était triste sans vous!
Allez donc un moment tout le long de ces files
Etaler devant tous vos sentiments fébriles...

Iris a rencontré sa confidente Hippé,
Que pour elle l'amour cède à l'amitié.
Descends, ô mon héros! mais, désireux de gloire,
Vole ailleurs épier encore une victoire.
Vois-tu cette héroïne à l'air dominateur
Qui semblerait vouloir défier la valeur.
Vole donc vers son char dire quelques paroles,
Quelques traits pétillants, trivials et frivoles;
Et la beauté bientôt fléchira sous ta voix.
Que le bruit de ta gloire aille encor cette fois
Ranimer chez Iris sa colère si folle,
Et lui faire cesser son entretien frivole.

O Dieux puissants! vous qui régissez l'Univers,
Qui soutenez la terre et retenez les mers,
Interrompez le cours de vos sphères célestes,
Pour laisser éclater les actions modestes,

Et les nobles exploits de mon jeune héros...
Mais Phébus s'éloignant a laissé le chaos ! ..
Déjà, de l'Achéron, l'épouse ténébreuse
De son urne lugubre, en poussière fumeuse,
A répandu, du ciel, dans notre air embaumé,
Les funestes vapeurs d'un venin enflammé.
Déjà le ciel se meut pour sa métamorphose,
Le zéphir se fraîchit et le peuple repose.
Déjà de tous côtés les brillantes couleurs
Dont le jour avait peint les beautés et les fleurs
Pâlissent tout d'un coup en ce crêpe perfide
Qui s'étend sur le sol gémissant sous son fluide.
L'implacable déesse eut pour fille la Mort ;
Craignons donc son passage en redoutant le sort.
L'égalité se voit encor sous son empire
Parcequ'avec la Nuit, la Mort mêle son îre !
Les belles qui, tantôt, fières se promenaient ;
Voyez-les maintenant, timides, sans attraits.

La Laideur réjouie augmente son courage !..
Déjà je ne vois plus aucun grand personnage,
Tous sont loin, car leurs chars ne font plus aucun bruit,
Et l'on voit se cacher l'ombre d'Amour qui fuit !
Tout disparaît, enfin je ne vois plus Emile !
Eh ! sans lui, qui pourrait créer un chant utile !
Peu semblable au poète aux lugubres accents,
Qui chante avec la nuit et parle avec les vents,
J'attendrai d'Apollon le gracieux sourire,
Et le chant des oiseaux pour reprendre ma lyre.

LE SECRET

DE LA

PAIX UNIVERSELLE

De tes désirs rends-toi vainqueur,
Et la paix règnera dans ton cœur.

RÊVERIE

Que se passe-t-il donc, ô Lyre ? Tu frémis
Et je ne puis saisir que des sons indécis ?. . .
Tes oscillations agissent inégales,
Faibles, ne raisonnant qu'à de longs intervalles ?

Mes doigts brûlants déjà, ne peuvent diriger
Le douteux mouvement que tu viens d'imprimer ;
Laisse agir à propos la force qui m'inspire.
Pour répandre mon cœur, ne tremble pas, ma Lyre !

Qu'on ne s'attende pas à des accents joyeux !
Non, un cœur qui se plaint les rend bien douloureux.
Ce cœur, que je comprends au-dedans de moi-même,
N'a que soupirs, élans, affliction extrême,
De bizarres ardeurs, désirs inassouvis,
Qui, le brisant à fond, le trouble sans sursis.
S'il sourit un instant, aussitôt l'humeur noire
Court et se précipite enlever la victoire,
Et voilà que ce cœur éperdu, relancé,
Innocente victime et fille de Jephté,
Revient dans les déserts et parcourt la montagne,
Pleurant et recherchant la Douleur, sa compagne.

Dieu, qui te ris de moi, Créateur tout-puissant,
Te souviens-tu parfois que je suis ton enfant !
Que je souffre, est-ce donc l'œuvre de ton caprice ?
Pour ta félicité faudra-t-il mon supplice ?
Comme un globe enchanté, je suis lancé dans l'air
Et je ne puis comprendre et saisir rien de clair.
Partout autour de moi, tu fais la solitude,
Et mes pas chancelants font ta béatitude...
Tu veux cette souffrance, aime cette douleur;
Est-elle donc utile, absolue à ton cœur ?...
Je le crois, me soumets, je l'aime et je le garde,
Que de tout autre amour, elle me sauvegarde !

Ne l'aimerai-je pas tandis qu'elle est sans fond,
C'est la seule qui soit un abîme profond.
Tout en elle est nouveau ; j'aime en elle sa forme
Car elle est infinie et pour tout se transforme.

Je m'y plonge à plaisir, je l'aime avidement,
En toute occasion j'y puise abondamment.
Je trouve chaque jour découverte plus belle
Car l'on ne peut savoir ce que son cœur recèle.
Les sentiers du bonheur sont battus , limités,
Et tellement courus , qu'ils sont bientôt usés.
Celui-ci s'apprend vite , on s'en lasse de même ,
Mais l'autre est fort étroit, d'une longueur extrême :
Le voyageur le sent sous ses pas s'allonger ,
Car il ne peut jamais vers le bout arriver.
Il se prend à vouloir la combler de caresses ;
Il la souffre, il la voit, lui fait mille promesses ,
Il la couve des yeux , la presse sur son cœur ;
Vraie consolation , car elle en est la sœur!
N'est-ce pas un trésor , une amante fidèle,
De l'amitié sincère un gracieux modèle,
Qui, de tous nos instants, fait des instants plus beaux,
Et nous vient confier quelques secrets nouveaux?...

Je le vois bien, Seigneur, tous tes décrets sont justes,
Que valent devant toi nos remarques injustes?
Je ne veux plus savoir ce terrible mystère,
Et je vis par ces mots : aime , crois , puis espère.
Je comprends qu'ici-bas notre avoir est petit,
Car il ne peut suffire à notre noble esprit
Qui fut par toi créé d'une seule parole
Sous le souffle divin , qui par amour s'immole.
Tu laissas en mon cœur , au sortir du néant ,
Ce dégoût prononcé des plaisirs d'un instant
Et mon âme attendrie, à ces plaisirs rebelles ,
N'attend que de toi seul une gloire immortelle.
Viens, Seigneur, sous ta main tu me vois tout tremblant,
Tel qu'un faible roseau que taquine le vent ;
Je suis rassasié des biens de cette terre ,
Qui n'en compensent point l'effroyable misère.
Si l'âme doit grandir , dis-tu , par la Douleur ,
Je l'accepte de toi ! Fais-le souffrir ce cœur !

Ce cœur qui t'appartient, qui veut que je t'adore,
Malgré ton joug pesant et pourtant doux encore.
Qu'il craigne tes décrets, mais marche dans la nuit
Sans hésitation, c'est toi qui le conduit.
Mène-le vers le port, car la noire tempête
A briser son esquif, voilà qu'elle s'apprête.
S'il est seul et jeté dans cet affreux chaos,
Toutes les passions l'auront battu bientôt!
Mais si tu le punis, c'est parce que tu l'aimes!
Je te bénis, Seigneur, et crois tes biens suprêmes!...

Mais déjà le vent souffle et Dieu ne m'entend plus,
Car tout autour de moi surgit un bruit confus.
Le soleil s'est caché, la nuit étend ses voiles,
Et l'on croit voir au ciel se battre les étoiles.
L'étincelle jaillit, et la foudre éclatant
Fait répandre la nue en un ruisseau bruyant.

Partout en un clin d'œil sévit la catastrophe,
Tel que la tache d'huile en courant sur l'étoffe.
La terre est attentive et l'océan bondit,
Le fleuve qui déborde, auprès de lui mugit;
Puis, des flancs des coteaux, mille torrents terribles
S'élancent, terrifient et renversent les villes!
Bientôt tout est perdu, les yeux épouvantés
Ne savent plus déjà sur quoi se reposer.
La terre désolée en tous lieux se ravine,
N'offrant que des débris, ossements et ruine:
Ici la solitude, et là rochers affreux;
Plus loin, monts dépouillés, vallées, étangs vaseux..

Pourtant, ô ciel, merci! car la mère craintive
Avait pris ses poussins sous son aile attentive,
Et déjà rassurés, les fils de l'Eternel,
En relevant le front, cherchent l'arc-en-ciel;

Ils ont battu des pieds et secoué leurs ailes,
Ils vont revivre encor, reprendre leurs querelles.
Mais Dieu voit, il entend et veut prévoir le cas
Qui nécessiterait un semblable fracas.
Il a pitié de vous et de votre démence,
Car son extrême amour a vaincu sa puissance.
Tremblez tous sous le ciel, ô pécheurs endurcis!
Profitez cette fois de ce nouveau sursis.
Voilà l'ange de Dieu qui seul ici s'approche,
Il est pur, il est saint, redoutez son reproche :

« L'Eglise est attaquée, et par tous, et partout;
Et l'homme s'est souillé dans la fange et l'égoût!
Le mal a parcouru la campagne et la ville
Pour attaquer la foi, le pays, la famille!
Mais, mortels insensés, qu'avez-vous de plus beau
Que vous préfériez le monde à ce joyau?

La Foi, c'est le joyau de ce monde insensible,
Qui nous fait supporter des revers le pénible.
Le monde, la patrie, est-il un plus doux lien;
De l'exilé l'espoir, du faible le soutien?
La famille à son tour, n'est-elle pas sublime?
Dans son intimité, c'est l'amour qui l'anime!
Dieu vous commande-t-il en vous donnant ces lois?
Non certes, c'est la grâce acquise par la croix!
C'est la croix qui marqua du Dieu Sauveur la gloire,
Qui fit que par bonté, victime expiatoire,
Il s'offrit à son père en holocauste saint
Pour expier le mal, le crime des humains.
Dieu, ta grandeur m'effraie et ta bonté profonde
Devrait enfin lasser l'injustice du monde!...
Mais le mortel fougueux ne respecte plus rien,
Et sa bouche vomit mille injures pour rien.
Contre l'Eglise sainte il a bavé sa haine,
Et le démon fatal, de mal en pis l'entraîne.

Il méconnaît la foi, la doctrine de Dieu ;
Plus de dogmes pour lui, car de son propre aveu
Le Christ est un trompeur et sa parole un mite,
Par conséquent, il n'a plus aucune limite !
Pourtant qui t'a sauvé, mortel capricieux ?
N'est-ce pas le Seigneur, l'omnipotent des Cieux
Qui, par sa croix divine a vaincu la malice,
Qui, des démons méchants est le seul exercice.
A qui crois-tu devoir la législation,
Qui te donna les arts, vainquit l'oppression ?
Sinon l'Eglise sainte et sa main maternelle
Qui te guida partout à l'ombre de son aile !
Mais tu l'as reniée et méconnais la croix.
Que ne peux-tu, du moins, revenir à ma voix !
L'Eternel créateur pardonne le coupable
Qui veut se réclamer de son cœur ineffable,
Tu lasses son attente, aiguise sa douleur,
Mais tu ne peux savoir ce que contient ce cœur !...

Vois-le, penché déjà sur le pauvre Lazare
Etendu là, sans vie ; est-ce qu'il s'en sépare?
Non, car guettant son souffle, il va lui redonner
Cette âme que la mort vient de lui dérober...
Pourquoi, si sa bonté n'était pas aussi grande,
Se mettrait-il en peine?... Il veut que Dieu l'entende:
A celui-ci pardonne, ô père redouté!
Car pour lui sur la croix, j'ai souffert, j'ai prié!
Auprès de toi, je veux de son regret répondre;
Le coupable réel, je m'en vais le confondre!
Et Dieu trompe son Dieu; son amour l'étourdit,
Il pardonne au pécheur et son cœur resplendit!
Ton Dieu, c'est la bonté, ton Dieu, c'est la sagesse,
Misérable mortel, vois ta scélératesse!
Un seul commandement de son cœur est sorti,
A ce commandement tout est assujetti;
Soyez unis, mes fils, d'une manière extrême,
Aimez-vous, aimez-moi, comme moi je vous aime.

Si Dieu veut être aimé, que vous vous aimiez,
Est-il un autre sort que vous préfériez ?
L'amour, plaisir parfait, mot vaste et grandiose
Est la seule richesse et du bonheur la cause.
Du Tout-Puissant à l'homme, et de la terre au ciel,
L'amour seul unit tout. c'est un lien naturel;
Il est commencement, il est principe et cause,
Le milieu, puis la fin, motif en toute chose.

Aimez, et vous saurez; aimez et vous vivrez;
Aimez, aimez encor, vous vous estimerez;
Le véritable aimant au danger se dévoue;
Et toujours des méchants les complots il déjoue!
Une goutte d'amour peut suffire au pécheur
Pour attirer à lui le pardon du Seigneur;
Aimez donc, aimez-vous; c'est la philosophie!
Pliez-vous doucement aux tourments de la vie!

Rappelez-vous aussi que l'homme n'est heureux
Que s'il n'a rien à lui, s'il n'est pas désireux.
Qu'il n'est fort et puissant qu'en une grande perte :
Que s'il songe à la mort qui le tient en alerte.
Qu'enfin si son regard est sans cesse tourné
Vers son Dieu pour lequel il aura tout laissé...
Qu'à sa tombe l'on dise : Ici git un cœur noble
Qui ne sut que le bien, ne connut pas l'opprobre ;
Qui ne s'est jamais plaint, qui souffrit, mais pria ;
Qui fut humble, parfait, en un mot il aima.
Que mon désir mortel ne soit point chimérique,
Mais qu'on puisse revoir la France catholique !...
Encore quelques mots, et puisse mon conseil
Vous retirer enfin de ce profond sommeil.
Jaloux, capricieux, vous déclamez sans cesse
Sur les frivolités et les défauts du sexe.
Mais pourquoi l'accuser, observez votre cœur,
Et par lui vous saurez ce que contient le leur.

La femme est orgueilleuse, et même impatiente,
Faible, perfide, vaine, et parfois inconstante ;
Mais l'homme est à son tour méchant et vicieux,
Perfide, extravagant, faible, vain, orgueilleux.
Si ces mille défauts n'existaient en votre âme,
Ils ne seraient point nés dans l'esprit de la femme.
Avecque la raison, devenez vertueux,
Et vous verrez alors périr ces maux affreux!...
Au lieu de diriger, vous vous laissez conduire ;
Ce droit qui vient de Dieu, voulez-vous le détruire?
Adorer un caprice, encenser les défauts,
C'est exciter au crime, applaudir tous les maux.
A d'injustes désirs, si la femme résiste,
Vous vous fâchez, pourtant, êtes-vous donc sophiste?
Chassez de votre cœur la noire inaction ;
A la femme, donnez la vraie instruction :
Enseignez-lui l'honneur, dictez-lui la noblesse ;
Faites-la réfléchir, parler avec justesse.

Qu'elle sache chanter, jouer un instrument,
Je le conçois fort bien, mais veuillez, cependant,
Comprendre qu'à ces arts si beaux, bien agréables,
De solides vertus sont en tout préférables.
Comment exigez-vous une fidélité
Dont vous êtes vous-même à tel point éloigné?
La nature vous dicte une telle injustice?...
Voyons, répondez-moi, sur la source du vice,
Le luxe n'est-il rien et vos habillements
Ne pourraient-ils encor être moins indécents?
L'assemblée et ces bals, et ces riches parures
Ne sont-ils point la cause à tant de mœurs impures?
Pourquoi ces vils propos, libres, licencieux,
Cette louange outrée ou romans vicieux?

Travaillez par l'exemple et conseillez la femme,
Jetez et les romans et leur rouge à la flamme;

Suivez dans son jardin, le bon cultivateur,
Et faites comme il fait vous-même en votre cœur.
Elaguez, s'il le faut, écrasez les insectes,
Que la seule nature ait ses forces directes;
Seule elle opèrera de ses milliers d'attraits,
En répandant pour vous ses fleurs et ses bienfaits ».

L'ange dit, et sa voix expire sur sa bouche,
Il glisse auprès de moi lentement et me touche :
Mes yeux sont dessillés, puis un voile s'étend
Le cachant à ma vue, à la vie il me rend.

. . . .

Mais, que voudrais-je voir régner sur cette terre?
Les innocents plaisirs et la vertu prospère...
Fanatisme, dit-on, d'écouter ce Mentor!...
Cependant, de la paix, j'indique le trésor.

TABLE

DEUXIÈME PARTIE :

ERRATA

Page 23, ligne 8, *amour*, lisez *Amour*.
— 24, — 2, *hymen*, — *Hymen*.
— — — 7, *amour*, — *Amour*.
— 54, — 10, mettre une virgule à la place du point.
— — — 17, *laisse donc la livrée*, lisez : *Laisse-la donc livrée*.
— 61, — 10, *auteur*, lisez *acteur*.
— 87, — 14, mettre un point à la fin du vers.
— 105, — 5, mettre une virgule à la place du point.
— 131, Entre la 2e et la 3e ligne mettez les deux vers suivants :

Pourons-nous pénétrer dans ton savoir profond
En jugeant tes desseins, ta loi qui nous confond.

Page 131, ligne 11,

Et mon âme attendrie, à ces plaisirs rebelles

lire :

Et mon âme attendrie à ces plaisirs rebelle

www.ingramcontent.com/pod-product-compliance
Lightning Source LLC
LaVergne TN
LVHW012009220826
846092LV00001B/292
9782329775470